集光点

齋藤恵美子

思潮社

集光点　目次

装画＝清宮質文
装幀＝思潮社装幀室

集光点

居留地

旅程だけで組み上げられた人生を
なげうって
流れ着いた極東の　波音のする小さな街を
祖国と呼んだ
白昼の　三次元のラウンジから
眺望するドックヤード
振り向きざま
アラブの言葉で　囁かれた記憶もある

ばら積み船
埠頭をゆき交うフォークリフトの　引っ切りなしの警報音と
軽油のまざった潮の匂い
船溜りで
きのう見かけた警備艇が　きょうは
涼しい波を立てて沖合へ
鳶が舞う
旅人のまま　わたしは軀に二つの水源を抱え持ち

風圧のような一語を吐いて
駈け去ってゆく　居留地うまれの子供たち
高窓から　途切れがちに
こぼされてくる湿った音素
砂の地図

それらを包む拍子《タクト》はおそらく　波音でしかあるまいと
音だけが
満たすことのできる空洞があるのだと

名前も　ひとつの郷愁だから　知らない抑揚を舌にのせ
沖待ちの船を数えて
信号塔から　岸へ戻り
遠い夏の　艀で積み荷を　陸揚げする人足たちの
姿と汗を思いながら　感じながら
風に立つと
荷さばき場の一角から　まぼろしのような声が上がり
未来が　過去と
相殺されて
現在だけの路上になる

屋台料理

プラスチックのライターの
投げやりな炎を
しゅっと闇に立たせて　ドネルケバブの
屋台のそばに童顔のましゃがむ女
薄荷の煙
紛いもののイニシャルを　臙脂でちりばめた布製バッグ
どうして　居ない人ばかり捜しているの?
西口五番街は抜けて
差し出される極彩色の連絡先と　ティッシュを何度も　拒みながら

掻き分けながら　パルナード通りを歩く
路上
キッチンカーの中で　在日トルコ人の男が　ビーフの弾力に刃を入れて
手速く柔らかく削いでゆく
シェルキー　と名札にある
シムシルで　午後は働く
平焼きパンの　空洞へ　刻みレタスとレッドオニオン
瞳の底に　最後に見上げたドームの
青が　残っている
濡れない風
砂混じりの　中空を飛ぶかささぎの　激しい影
太陽へ　アザーンを響かせるミナレット
ムスリムの　男の夢に
二度目の天体が現われて
女はまだ　指先から　細い煙を上げている

バッグを抱え　気だるい指を一本一本広げながら　数え上げているものを
星　と思うこともできる
南幸橋
眠りと夜のあいだに放たれた魚の息
見つめるたびに　深さの違う緑青色の　川を渡り
赤いソースを　石畳に
こぼしながら　ケバブを噛む
捜している背中は此処にも　シムシルの
窓にも居ない
時間のなかに在る者が　どうして　亡き者と出会えよう
買わずに棚に戻した語録の　言葉が
文字のまま囁かれ
後ろから　月を浴びると
あの世の影が濃く見える

フェイジョアーダ

右上がりの　一語一語が
何かを問い掛けているような　文字を
そっと　四つ折りにして
角封筒に　また戻した
ひんやりと過去を帯び　呼び交わされることもなく　けれども
私の中では　まだ
脈打っている一つの名前
フェイジョアーダを食べていた
汽車道を来て　新港地区の

赤い煉瓦の倉庫も　光る橋も見えるテラスカフェで
ブラジルの
もともとは　奴隷の料理
大地で働く日系移民の食卓にも　と教えられた
黒インゲンに
たっぷりの臓物に　ラードと塩
絶望と　欲望と
希望が混ざったような色の　根源のような　このシチューから
活力を得た者たちが
恵み　と呼んだ瞬間が　舌先をいま
通り過ぎた
大鍋の　キャッサバ粉を
長柄の杓文字でかき混ぜながら
メスティーソの男が陽気に口ずさむ母国語の　遠い唄
涼しい羽根で

鼓膜を　はじかれるような音
駱駝色の薄い毛布に　波音のする眠りを包み
二段ベッドの　夜を揺れる
三等船室の移民たち
あなたはこれから　誰の時間を横切ってゆくのだろう
フェイジョアーダを食べていた
…その想い出を知覚すると
そこから、張り裂けてしまうので…と中断された古い日記の
名前の滲んだ　頁にあった
セグロカモメが
薄墨色の空へ　弧線を描きながら
遠目には　たった一つの
光に見える窓をよぎり
私の知らない郷愁を伴なった　小さな惑乱を
連れてくるのを　眺めていた

私はどこか　よその土地へ移りそこねた者として　ここに居る
あるいはすでに
遠い過去にどこからか移り終え
母国語の音へ　密かに
耳をひらく者として

年取って、住むとこなくて、独りだったら家に来なよ
透き通った日本語が　聴かれて
風景が濡れてくる

岩石海岸

触れようとして、返されたのは
風に遊ばれた柊の
緑の、反作用のような
淡い力　一瞬の
鋭利な点の痛みから、私は、私のささやかな実在が
肉体よりも深い所で
許されたように、感じられ

——忘却されずに、もう半世紀、一点一点
　揺り返されて、生きてきた

海の中を、ゆき交っている脈の音を
小さな、濡れた青い呼吸を思うように、人をおもう
岩石海岸
此処は、人が、生まれ落ちる前の拍子《タクト》と
かたちをほどいた後のタクトが、希望のように、交わる場所
海蝕台の、苔を這わせた、熱い
剝き出しの水底を
ゆっくりと、自分の歩幅を崩しながら
高く、低く
むしろ隆起をいとしむように、足裏で、一歩一歩

点描の、白い明滅を遂げることに
朝の、まっさらな一瞬が、賭けられて、いるような
信号塔

ヴィクセンの、八倍の、双眼鏡のレンズ越しに
防波堤の輪郭が
ひんやりと風化してゆく
破壊を、いしずえとしなければ、成り立ちえないその建築も
倉庫も、もはや
どの風景も、光学なしには信じられず

――記憶の中へ、身を投げるようにして、また一日を
　日付の外で、過ごしてしまった

ひと思いに、水平線から
空の領域を奪い取れば
すっぱりと
海原という原形質の、脈搏だけが、岩のかたちに
層をつくる　響いている

浸蝕された等高線
海抜を棄て、肉眼で、ふたたび丁寧に引き直し
身の底に、時間に対する抗体のような言葉を、深く、宿したまま
未来をすべて、記憶として語ることも
いまは出来た
通り雨
砂地は、もう漆黒に、起源のように
びっしょりと濡れていて

空へひらいた手のひらで、最初の、一滴は
知覚したのに
静寂の、一歩手前の、最後の
一滴が
知覚できない

磯焼け

砕かれて
銀色に、さざ波立つ海面の
光り方で、此処にはない太陽も、風も見える

突堤にいた
沖桟橋で、白鱚を待つ釣り人へも
円筒形のセメントサイロの、打ちっ放しの外壁へも
海風は、柔らかく
同じリズムで渡っていった

直胴部の、暗い虚ろに、石灰石の粉体を
ひんやりと充満させた、格納槽
仰いでいると、視線の先から、身を吸い込まれてしまいそうな
容積だった…高さだった…
かもめ町
路線バスの、風の呼吸に逆らうようなリズムに揺られ
町の名に、羽搏きだけに
惹かれて降り立つ界隈には

太陽へ、直立する、萌黄色のオイルタンク
遠景の
プラントから吐き出される白煙と
潮風と、バナジウムのまぎれ込んだ粉塵が
縺れ合い
湾岸線や、産業道路を、震わせながら

大型コンテナトレーラーが、引っ切りなしに、通過してゆく
排気を散らかし、青空を
苛むように、際限もなく、反復される現在という一点を
この殺伐を
「風景」と呼ぶには何か、決定的な生命を
水分を、欠いている
――出口は、何処に、あるのだろうか
鳥影もなく
淋しいのか
懐かしいのか、それさえも、解らぬまま
背景の、すでに、廃滅の一部として、私も、連結されていた
かもめ町
その土地の名を、小さな光る問いのように
抱えながら、カーバイトも
グラスウールも、砂利も積まない空コンテナの

行方について　あるいはかつて
「進化した過去」のことを、「未来」と呼んだ者たちの、誤謬について
考えながら、引き込み線まで、それとも
臨海鉄道の
人影のない駅舎まで…

埋め立てられた、土地を歩くと、歩幅のリズムがいつもより
少し乱れて、素足で一人
磯枯れの、真っ白な海の底をさすらうような
心もとなさ
それでもなお、地盤のどこかに、鼓動を
探り当てようと
水の呼吸と同じリズムで、淡い緑を揺らそうと
石灰藻の、白い砂漠に抗うように
新芽をのばす海中林

ウミカラマツ
陽に砕かれた、翡翠色の、浅瀬を思う
魚影もなく、ガラモ場を
生命以外のもので、自分を、終わらせようとしたことに
気づかぬまま、私は
朝を
美しいとさえ言えるのだ

D突堤

大気の
かすかな変調を、からだの方が先に気づいて
今朝は、時間の脈搏へ
自分の脈が思うように重ならない
眠たい脚を、ようやく、居間まで引き摺って、立たせた途端
鏡の中の、青い
面積が崩れ落ち
わたくしという立像だけが、ぼんやりと残っている
集光点

外気を送り、光源のように、指を
曖昧な風に立て

カヤニシというネームカードに、写真も載せて、首に掛けた青年と
食堂で、向かい合って麵を啜り
青菜を嚙む
おろしたての、作業服に包んだからだを、窮屈そうに
持て余して、野蛮なような、箸遣いで
まぶしい指だ
繫留しても、陸には、めったに上がらぬはずの
フィリピン人の船員が、戸口に二人
――荒れるのは、一番、揺れの酷い海は、マラッカ海峡
列をはずれて、埠頭公社の
社員らしい男たちと、番号札の、数字で
女に、呼び出されるのを待っている

ほんとうは、大型オイルタンカーか、鉱石船の乗組員になりたかった
画面を出して、青年が
紺と赤に塗り分けられた船の写真を、愛しそうに

D突堤の、信号塔の、海抜四十二メートルの
展望室から
稼働中の、コンテナ埠頭の全景を、見下ろしていた、夏の午後
重機と、ゲートと
直進するトレーラーと
積み上げられた直方体のコンテナだけの、曲線のない光景に
なぜだろう、記憶もないのに
淡い郷愁を感じながら
（誰の、どんな欲望が、箱の、内壁を揺れているのか）
管理棟で操作される、この
物流のスペクタクルに

箱だけが、永遠に、累乗されてゆくかのような
狂おしさに、些かなりとも
目を奪われてしまうのは
頽廃、なのではあるまいか、と考えていた
クレーンや、接岸した船や箱が、主役の此処では、人はもはや
異物、あるいは、異物ですらなく
実行者
制禦され、自らが、肥大化させたシステムの
脳髄のような中枢へ、組み込まれた部品《パーツ》に過ぎず
コンテナは、箱というより
媒体だった
ゲートを擦り抜け——

野晒しの、積み木のようにヤード内に配置された、ヒュンダイの
Kラインの、赤や白のスチール製の箱の頭上は

積乱雲
リベットでなく
熔接だけで貼り合わされた波板パネルに
包囲され
どの箱からも、きっぱりと、孤立しながら、流れてゆく
運ばれてゆく
ロックシールで封印された闇の中で、床下に
荒々しい水を感じて、海峡を——

向かい合った、夕暮れの
鏡の中には
茜色の背景と、日輪だけが、ありありと感じられ
稀薄な箱
今度こそ、この身を
存在しなおそうと、息をただす

ノース・ドック

この手で、確かにさわれるから
存在だ、と思っていた
火が、現象とは、知らなかった
二月
港は、曇天を、冷えびえと、沖合からの風が渡り
白いウィングを
埠頭の風力発電所の、清潔な
三枚羽根を、ゆっくりと、励ますように回し終えると
小船も揺れて

三角屋根の倉庫の並ぶ川べりから岸壁まで
廻り込めば、ノース・ドックの、鉛色の軍用船の
右舷も見えて
静かな、焚き火の匂いがする
(記憶の匂いだ)
根菜や、甘みのある樹木の実や、小枝を、炎へ、ほうり込み
萌葱色に、束ねて庭の、香ばしい草を焼いた
煙の向こう
まだ誰ひとり、失ってなどいなかった、遠い冬
遠い発火の、蒼白い予感だけを
握り締めて、タグボートを
アメリカ独立戦争の、英雄の名がペイントされた灰色の船体を
眺めていると、灰色の空
灰色の海、四十年以上も昔
同じドックで、ベトナムへの積み荷戦車を待っていた

何隻もの、船の姿が重なって
「ナサニエル・グリーン」も揺れて
ゲート前へ、翳したカメラを警備員に、日本語の
厳しい語調で遮られ
（ここは、いまも、占領下、なのか）
単彩の街
瑞穂橋の向こう側とこちら側が
目に見えない銅線で、はかり知れない夜を含んで
分かたれているような

「定理と呼ばれる言葉は、すべて、水晶のように美しい」
北の島から、届いた書物の
頁をひらくと
余白の多いエピグラムから、ほんのりと
石油をおびた火の匂いが、炎の気配が、漂って

すでに、立ち去った者たちの
立ち去った記憶に触れ
それから、私も、灰の中から、焚き火の方へ少しだけ
肩を揺らして
手のひらで、触れて
炎を感じるのだ

テレーザ

眠りが断たれ
四人部屋の　三度目の夜のあとに
最初の朝がやって来る
名を訊くと　テレーザと言った
八時に　彼女がひらく時の　カーテンの音はすがすがしい
病室の　隅ずみまで　新しい光が届き
一日を
刻々と　這い進む肉体の

気息音のこわばりが　緩やかにほぐされて

家族で日本に　帰って来て
ナースを勤め　二十五年
父親も　この病棟で三年前　亡くなった
ジャッカの実と　フェイジョン豆と　大西洋の話をした
バラナから来て
生まれた家を　二度と見ることはないだろう
ブラジル訛りの日本語は
雲雀のように　軽やかだった

テレーザの　記憶の中の　窓を昇る　太陽は大きい
だから　毎朝　カーテンを
窓よりも大きく
遠くまでひらくのだ

レギアン

すれ違ったカーラジオから
依存症《アディクション》！
AFNの、二十時
ラッシュ・リンボウの、かまびすしい声が漏れて
雨催い
川向こうの、基地のある街のはずれの小さなバーのグランドピアノは
梅雨どき、いつも
低音域のツィスの音が、少し狂う
宥めるように

叱るように、マノリートの、ショコラ色の長い指が
白いツェーと、黒いツィスを交互に叩き
客はいない
ゴードンを、トニックではなくソーダで割り、傾けるたび
タンブラーから目線を逃がす、あの男
ルビアンカの
地下独房から生まれた神話も、内戦の火も忘れ尽くし
今は、むしろ、政体よりも
株の話に目を光らせる、ラテン訛りの
常連客の、姿もない
木曜日　マスカレードの
左パートを軽くボサノヴァで弾いてみせて
マノリートが
口笛と、音符の混じった煽情的なジョークを飛ばす
幾つなの？

恋人探しにきたんでしょう?
返事はせず、ホールウィートのパンへ、バタと、クリームチーズを
ナイフで均等にのばしながら
いつだったか
臨港地区を、斜めに走る路線バスの
車内で、激しい日本語で、泣きじゃくっていた混血の
男の子の、びしょびしょの
大きな眼
頼りなげな、けれどもすでに
肉体を感じさせる首筋の、独りぼっちの浅黒さが
陽射しと一緒に、思い出され
あの子も、いつか
この島国に、ノスタルジー以上の何かを感じる大人になるのだろうか
アディクション!
観念にも、宗教にも依存せずに

愛する者の消滅について、空洞について
炎のように、考えたい
シャッフルしてから
鍵盤越しに広げてみせた最後のカードは
デフォルメされた、クイーンと、ジャックの横顔
おそらくは
ひとつの稚拙な未来図として描かれただけの
既視感のある、デッサンで
ソファーも赤
絨毯も、調度のすべてが、ピアノの色まで
赤というのは、なまじ侘びしい
白昼の、あからさまな視界の中で見渡すときは、なおのこと……
ようやく、レギアンがやって来る
二十二時
早番と、遅番が、カウンターで入れ替わるとき

レギアンと、マノリートも
ひっそりと入れ替わる
店にはつまり、マノリートと
私だけが
働いているように見える

宮益坂

忘却という現象が
少しも、痛みを伴わないのが
救いのようにも
悲惨のようにも、思える夜
ミヤマスザカの、冬の、エル・カステリャーノの
テーブル席まで、きみの声が
時間とは、無関係に記憶された坂をのぼって、響いてくる
ムール貝と、ガーリックと
鉄板の、オリーブオイルの、焼ける匂い

モルシージャ
ここへ来て、パエリャを食べると、ニッポンに
居なかったような気がするよ
すべての街の、夜を停まるコバルト色の
電車に乗り、はじめて
国境を越えた時、すでに五十を過ぎていた
親父の話だ
サフランライスを
完璧に剝がすための、フォークを二本
店長の、ヴィセンテ・ガルシアが渡してくれ
サングリアを、注いだグラスと、素焼きのポットを
ホルヘ・ディアスのギターの音が
震わせながら、反響し
きみは、マラガと
プルードンと、始めたばかりのロードバイクの、話をした

人生を、長い小説にしようとして
小説にも、人生にも、しくじった男のことも
地中海へ——
旅をするたび、きみは、ますます故郷《ふるさと》へ
自分自身を、追い込んでいった
そんな気がする
まだ、じゅうぶんに、生きられずにいた幼年時代を
もう一度、原点から、始めるように
それから二人で
店を離れて、坂の途中の古本屋で
きみは、ノサックの小説を、わたしはトゥオンブリの画集を買い
歩きながら、それぞれが
かたちのないものについて、語ろうとして
風の中へ、声をとおした
水脈と、水脈を、レールで結ぶ

私鉄駅　赤い切符
改札口で
最後の視線がまじわった、そのことにさえ
気づかぬまま

アンコールピース

掛け金のような一音を叫ぶと、そこで
貴方の、バラッドは終わる

待ち受けている音を、みずから
攪乱したくなるような
無伴奏
三軒茶屋の、ホールでその夏、二階席で
転職しようと思っていた

パガニーニの、二十四のカプリースを聴きながら
ルッジェーロ
イタリア系の響きを名に持つアメリカ人
父親は、貧しい移民で、トロンボーン奏者だった
――ヴァイオリニストと言うよりも、ヴァイオリン弾き、フィドラーさ
酷評されても

「イザーイ、バラッド」
リッチは、リッチの弓捌きで、演奏だけをこなしていった
舞台へ、拍手で呼び戻され、その日も
最後の、アンコールピースまで

楽器を持ち替えるようにして、仕事を替えてはいけないと
忠告されたその後で、朦朧とした聴覚で
リッチを聴く

ビブラートに、破線のような震えがある
曲芸まがいの
突拍子もなく陽気なワンボウ・スタッカート
弦の歓声　鼓膜へ
何度も、眩しい電流がながされて

無伴奏リサイタルは
バッハより、パガニーニより、アンコールのイザーイに
震えが来た　軀の中の
月面のような未知に触れるパッセージ
ソナタ、三番、ニ短調の
緊迫してゆく旋律を浴び、思っていた
離れよう、と――
現実ばかりに侵蝕された組織を離れ、どの波動へも
どの未来へも、決して、私を引き渡さずに

自分の声だけ握り締めて
伴奏なしに生きようと

それから、記憶から声があがった
――私に、書くに値する、沈黙などあるのだろうか
先程までの、太陽のような核心が
もう砕かれて、思い出す
「イザーイ、バラッド」
演奏の前、ルッジェロ・リッチが闇に放った静かな声を
声の中の、ビブラートと
ほんの少しの哀切を

視線の写真

手渡されて
五人のうち一人は故人
臨海都市の、建設中の高層ビルの
メッシュシートと海を背にした集合写真を、眺めていて
どの人が……と問えなかった
覚えたビルの、長い名前を、席を離れ
忘れた途端、夜になって
一人の側にも、四人の側にも、私は居ない
月あかり

ボードレールが、ナダールの、カメラの前に座ったとき
彼は撮られただけではなく
瞬時に、おのれを創造したのだ
あの強度
世界を一閃するような、凝結させるような瞳で
あの両眼で、私の内部を
被写体として直視されたい
写真は、行為ではないことを、私も肉体で知っている
関係なのだと
写真の中の、死者と私は、接点を持たぬ

埋め立てられた臨海に
林立するビル群の、影と私が
窓を隔てて収まっているスナップを、写してくれた親しい人の

この世にはない声を思う
出会って間もない男へ向けた、幸福そうな
女の視線
その視線の中へ、ときどき
軀で、戻ってみることがある

観念の壺

針の上に置かれたような
正確な一語を求めて、闇を、素手で探る時間を
惜しまなかった男だろう

ハートフォード保険に勤める昼間の自分を脱ぎ捨てると
真夜中、精神だけになった、あなたの
ペン先は奔放だった
針ではなく

テネシー州の上に、一つの壺を置いた*、あなたにとって
正確とは、自己に忠実であることだったが
あなたの尺度はこの世の目盛を超えて柔軟だったから
その謎ゆえに、誰もあなたを
読み終えることができなかった
キュビスムの絵と、黒歌鳥と、アフォリズムと逸話が好きで
己れの魂の大きさを、知り抜いていた男のことを

テネシー州に、置かれた壺を
まざまざと想起するには
「テネシー州」が固有名詞であることを、いったん忘れ
その一語が招きよせる地理的な境域も、地政学的な、意味も
想念から、はずしておく
「壺」が何の暗喩であるかを問うことすらも放念し
それを取り巻く広さだけを、瞼に光らせてみることだ

テ・ネ・シ・イ・シ・ュ・ウを――
言葉を一切、持ち込まないで、その「壺」を
あなたに素手で正確に、針のように、伝えること
壺よりも、むしろ壺の空洞をこそ支えるものへ、矩形の、眩しい面積へ
あなた自身を立たせるように

詩人はなぜ、ひと抱えの、土から成った芸術を
ささやかな言葉の壺を、広漠の上に載せたのか
ウィスコンシンでもネヴァダでもなく
「テネシー」という空間へ
壺を、その肌の丸みを、異物のように包ませたのか

針の先に、貫かれた一点から噴くものが、鮮烈な血であるためには
言葉に張力が必要だ
地べたに置かれた、剝き出しの、観念の器の中の

知覚できない真空には、あなたの張力が賭けられているのだ
男は言った
「壺」はいまも其処へ、そしてすべての場所へ
なまなましく置かれている、そんな気がしきりにする……

一部しか手元にないのでコピーを取ったらお返し下さい
Adagia《アデージア》とタイトルのあるスティーヴンズの箴言集の
日本語訳の私家版を、思いがけず送られて
見えない森にしんと広がる思念の言葉を一行一行辿っていると
この世から、荒々しく、もぎ取られてしまったものと
もう一度、言葉の中で出会えるような気配がして
思考の跡からうっすらと、立ちのぼってくる静かな声を、ありありと

一滴も、血ではなかった
あなたを、涙が、巡っていた

悲しみさえも含まない、イデアのような、涙だった

自己韜晦と、妄想と、他人の声を退けながら
あなたの言葉は、ときに部屋から、死せる部屋から生み出され
狂気すら寄りつかぬ、混じり気のない正気によって
人の心を打つのではなく
己れのこころを、貫くのだ

＊ウォレス・スティーヴンズ「壺のアネクドウト」

字引と女

どこか、暗部のような処を
横切らずには
手にし得ぬ、薔薇だった
花というより、花のかたちの傷のような

薔薇と女、と題された、その油彩画を見つめるためには
絵の中へ、おそらく私が
脱出しなければならないと
誰一人、彼女の視線の、前に立つことは出来ないと

再版のたび、送ってくるから
字引の方は差し上げます
翻訳家は、画集と一緒に、ロシア語の、中型辞典を差し出した
勉強なさい
私は、小さな出版社の、単行本の編集者で
かつて、ルミャンツェフ図書館で
司書をしていた、紅茶が好きな
博覧強記の哲学者、フョードロフの評伝や
ラーゲリで、銃殺された
ポリグロットの司祭の本や
惑星の、進化の最高状態としての
理性圏《ノオスフェーラ》を提唱した
地球化学者、ヴェルナツキイの論攷を
売り捌けぬ叢書ばかりを、いそいそと企画して

夏の日　四次元芸術論と
反ユダヤ主義作家の伝記の、校正刷りを受け取ってから
神田の、地下のサラファンで
恰幅のいいエカテリーナが、怒声とともに運んでくれるブリンチキと
ボルシチの、六百円のランチを食べ
スクリャービンの
資料を探しに立ち寄ったナウカ書店の
極東書店へ通じる二階の、階段の踊り場で
カーク　ヴァス　ザヴート
灰色の、瞳の少女に、覚えたての発音で、尋ねてみると
ターシャ、と言って、恥ずかしそうに、母の腕まで駈けていった
絵の中の、女の瞳に
翳りが、似ているように思った

ナウカ書店は居を移し

私は、編集の仕事を辞め、改装したサラファンに
エカテリーナの姿はない
時間に、拒まれているような
薔薇と女の残像も
ロシア語も、数語をのこして、惑星外へ脱出した
辞書だけが、地上に残った
まぼろしのオブジェのように
静かに埃をかぶっている、三次元の本棚に、確かな重みを
キリル文字の、言葉の豊饒を載せながら

久し振りに、辞書を開くと、頁から
霧のように立ちのぼってくる懐かしさ
それは、人への郷愁ではなく
忘れ尽くした
私自身の感情への、懐かしさかもしれなかった

石音

目抜き通りの
取っ付きにある喫茶店の隅の席に
すべり込み
「コーヒー一つ」
ひと摑みの、生暖かい泥土のようなものがやがて
香ばしい一滴を
硝子の底へ落とすとき

かちりと打つ

言葉はない。囲んで、石だけ鳴らしあう
夕刊と　雑誌のかわりに　使い込んだ卓上碁盤が五面ほど

石には触れず、濃い絶品のモカを私は
啜るだけの客だったが
白い音と、黒い音を聴き分けられる耳になるまで、ずいぶんと通いつめた
マスターの名は知らない

「白は、はまぐりなんでしょう」
「そう貝殻ね。黒い方は、中身もぜんぶ石だけどね」

たった一度、水辺の旅館で
教わりながら打たせてもらった脚付碁盤は
抱けば、蹌踉めくほどの重さで
榧だという

森に座って、一局交えるみたいな音を、いい石音を
誘うという

夜のグラスは　琥珀の水も揺らすのだ

チェロを背負う人

漆黒の　光沢のあるチェロケースを
等身大の影のように
背負いながら　階段を降りる人

木で包まれた
たっぷりとした空洞の　たてる音を
耳におもう　月曜日

演奏の　核心は

音ではない　情念なのだ
そう言ったのは
どの大陸のヴァイオリニストだったろう
ならば音から情念を　除くと
何が　弦にのこる?

アルペジオーネ・ソナタが　ふと
彼女の背中で　彼女だけを抱きとる音色で
響き始めてしまいそうな
そんな　ゆるやかな足取りを

遠い沈黙を　見送るように
しずかな気持ちで　まだ見ている

木版

手のひらに収まるほどの
小さな和紙の巻物に
刷られた文字には、うっすらと、絵の呼吸が残っている

百万塔陀羅尼を見る

刃を動かして、一文字一文字、版木の中から
取り出すように
いとしむように彫り上げられ、印刷された経文の

肉筆から肉体へ、時間を、遡るようにして
祈りと会う
能筆でも、達筆でもない、けれども確かな脈搏を、感じさせる素朴な線
素朴なゆび、素朴なからだの奥底から
遙かな、空間が込みあげる
私は、私が現われる前に、そこから
すみやかに去っていこう

木製三重小塔を、六年がかりで百万基、その犇めきで
数の力で、延命除災を願うという
一基に一巻、潜ませてある、陀羅尼の
力で、叶うという
槍を躱した猛者たちの、刀を浴びせた兵《つわもの》たちの、武名の数さえ凌ぐほどの
塔の、密度が狂おしい
あのひたむきさ、夥しさこそ、肉体、という生きものの

脈搏から溢れやまない、原初の
欲望ではなかったか

——生まれおちた
　けれども、私は、まだ始まっていないのだ

十二世紀以上も前に、夜っぴて梵字を彫った指にも、刃先で突けば
赤い雫が、仄暗く膨らんで
その凸面に、歪みながら映されている艶やかな
私も見え
文字のからだを己れのようになぞるとき

揺れない草
荒馬たちの、蹄も幽界へ駈け去った
人が、初めて、木に盛りあげた言葉が、祈りであったことを

祈りは時に、炎の方へも、灰の方へも
乱れることを、知らされながら
展示室で、私は、私のいない時間を、瞼に
ゆっくりと思い出す
この世の指とは、もう会えない
赤い水滴を抱えている

陰翳の花

薄墨で　花ではなく影だけが
淡く刷かれ
かたどられた一つ一つの　花の姿もおぼろげなのに
桜が　桜そのものが　目にありありと
立ちこめてくる　襖絵だった
花に咲かれて　白いあかりを浴びていた

智積院の　講堂を　胎蔵の間と不二の間を
静かに　六面で仕切りながら　枝垂れている一樹だが

春先　枝ごと　襖ごと　都心へ
借りられたことがあった
ふらりと寄った横浜の　百貨店のギャラリーで
今にも肩へ　ひとひらひとひら散らされそうな　まぼろしのような満開を

感じながら　身の　内側まで照らされながら　立っていた
けぶる白さと　墨ひと色で仄めかされた陰翳が
落下のような　枝に溢れ　花を芯まで咲かせていた
かたちではない
色彩にも　肉眼にも　左右されない桜なのだ

見つめてはならない起伏を　花の消えない瞼に浮かべ
ふと　国花という音を　おもう
ギャラリーを出て街にいた
私はかつて　桜において　潔白だったといえるだろうか

——花とは　裸形で相対せよ
真昼を　遠ざかる声を聴く

青い楓

青空の
本質だけを、抽出する物理学者も
「青は一種の影である」
と書きしるす哲学者も
色彩を超えた地平へ、青そのものを連れ出して
光をあてる

葉の切れ込みと
青空の切れ込みからそそぐ陽射しに

鋏を入れ、複雑に
乱反射する木洩れ日を、仕上げながら
楓の葉や、枝だけでなく
影や光も
樹木と触れあうすべてのものを
造園師は、刈り込むのだ
空へひらいた、銀の刃先をゆっくりと
乾かしてゆく西風も

松よりも、楓を刈るのが、思いのほか
難しいのは
一本の、すっきりとした揺れ姿を立たせるために
楓の葉が、おのずから
風を抱き込み揺れるような
抽象へも、具象へも、ひらくような

奥行きと
意匠を求める樹木だから――
あらかじめ、剪定の刃に
風に応える青の動きを、覚えさせ
小枝の揺する、葉擦れの音と、残響までも
樹間に、はかり込みながら
最後のかたちは一つ、と信じて
光のきわへ
精神をこめるのだ

十号の森

ブラックウッドの額縁に
嵌め込まれた森の中に
絵筆によって　仄白く　実在された一人の女

人が人と　距離をへだてて
感応しあっているときの　淡い放心のようなものを
頬のあたりに　漂わせ
両眼は　地上ではなく　別の大気へ見ひらいているようだ
鳥はいない

杉の樹間に　女だけが　脈打って
生家は西日の中にあった
鉢物の実が　熟れずに枯れた
黒いチューブ　その一色で　光のすべてを描こうとして
身をほそらせた名もない画家の
小暗い森へも　西日は射し
蜂に飛ばれて
ハナックバネの　繁みが甘く匂っていた

女の　まったき静寂へ　瞳を凝らすようにして
画布の底から　筆触を
辿りなおすようにして　森を想い
醒めればふたたび　枝を払った樹木よりもすっぱりと
独りになって

爪先から　小径のように
行く手へ伸びる
己れの影さえ寄せつけない

筆触、風

葡萄酒を、誰彼なしに
そそいで廻る女がいて、野蛮なフォークで
唇へ、何度も、垂線を引くように
パテを食べる
芳名録の、筆蹟だけが美しい

最初の日付と、最後の日付の、間にひっそりと挟まれた
三つ目の日付のこと
叔父は、生涯、独身だった

すでに、褪色の始まった、写真の
数葉に支えられ
私の中にかろうじて、像を結ぶその鼻梁
束ねた帳面を持っていた
遺品として、開くとそれは、どれも、ざらついた白紙のまま
日付はない
叔父のほんとうの筆蹟を、誰も知らない

暮れ方、精神の一角を
切り崩すようにして、書かれた手紙の、一語一語を
裸眼で読む。耳に残り、百合の続きを
活けることが、もう出来ない
肉声として
容赦なく、反響するので、傷口として、鼓動するので
酒にも夢にも、滅し切れず

軀の、一部になってしまう

ダンボールに溜まった手紙を
捨てられぬままやり過ごす、四半世紀
息よりも、柔らかく
呼びあっていた名前をいま、指さきが、搦めとって
ペン先の、銀が揺れた
木洩れ日よ
ことりと、ポストに、影が生まれ
梅雨晴れの日
来客なし　来信なし。百合が咲く

毛羽立った、しっとりとした白い紙面を、所詮は指で
引っ掻くだけの、一回限りの
線のあそび

文字も素描も、肉体が、溢れる部分に
野性の部分に、光がある
どこか、起源のような場所から、あなたの文字は
書き起こされ
カルデラ湖　草の靡くプレーリー　三角州
筆蹟さえも、思うままに
推敲できる指先だった
頭上には、限りなく、寒色に傾いた太陽が――

ノートの純白と向き合うたびに
忘却している右手に気づく
肉筆と、呼ばれるかたち
軀の、それは、どの先端で、疼いている記憶なのか
いつ何処で、わたくしは
それを習得したのだろう。思い出せず

書くたびに、「私」が、脱色されてゆく
涼しい骨
西風が、文字の中の肉をさらい、筆蹟は、いつか私の
内面とも手を切って
文字だけが、震えている。冷えびえと

濃紺の、インクをとろりと揺らすだけの硝子へも
光は射し
鉱物質の匂いが
壜を、開けるたびに立ちのぼる
木製の、母の右手に、丁度よいペン軸の
緋色の部分
汗ばみながら、そこを握って、日記や手紙、家計簿や
連絡帳も書いてくれた
電球に、翳すと英語の文字の透ける

厚ぼったい吸い取り紙
さりさりと、空で触れあう雪のような音を立てて
母は書く。さりさりと
流れる時間を、書翰箋の、罫線というかぼそい川を、渡り継ぎ
仄かな文字。衰えて
光を、手摑みにするだけの
指をひらき

実物よりも、ピントの合ったデジタルカメラの、小窓の中の
映像の一輪を
日付を忘れて、また見ている

水の名前

ドゥルウェ川
とはじめて　その流れる水を　名づけたとき
橋には　まだ名前がなく
朝　荷車のゆきかうころ
うなだれた栗毛の馬の　蹄鉄の音だけを　靄にひびかせ
暮れれば　村へと
しずかな柩も渡らせた

墓地のかわりに　川向こうに　トーチカに似た石造りの　小屋を並べ

哀しみだけが　流れこむ窓を切り
肉体《コルプス》という呼び名をもった　弾力のある白いパンを
捏ねあげると　人びとは
くちびるが吐く唄を待った

川へは　一人で行かなかった
死んだばかりの者と行った
しるべのように　彼は立ち　みちびき　流れを振りかえり
名指さずともよい
まず橋を　ねがうことから始めなさい
よく磨かれた　月のような　あかりが灯る炊事場の
竃の前で　唄につつまれ　わたしも
この世の名前をもち
迎え入れた老いた樹木を　薪《たきぎ》に割って
火を熾した

樹木のたてる音

　そこでは、死は、希望のなさを意味する言葉、ヌクレストと、同じ響き、同じ抑揚、同じ回路で発語された。響きは、影としてやってくる。破片のように、くい込む影。唇という楽器でも、容易に弾くことの出来ない音だ。

　ピアノは、樹木の匂いがした。光沢のある、手ざわりだった。死を現実の、声にするたび、私が、出血を強いられるのは、この世の体と、あの世の体が、まだ、暖かな脈動で、繋がれているからだ――思いながら、フリックフリックーラーと金の文字が刻まれた、竪型ピアノの、白いキーに指を、そっと沈めると、左右に木肌の、清潔に、切り揃えられた断面が、つかの間見え、遠い樹木が、静かな内側をさらしている。触れられることの、少ない場所だ。

　遺されてからの私は、部屋の外でも、一人だったが、感情としての孤独からは、遠くに居た、といまは思う。現実とは無縁の者が、現実の中の私を、どの他人よりも激しく、満たし続けていたあいだ、鍵盤から引き上げるたび、指は、懐かしい微熱を持ち、小さな心臓を抱えたみたいに、さみしい鼓動が、宙を打った。わたしの死者。実在の骨。鈍く、関係の断たれる音——。

　希望のなさ、それは、答えのなさと同質の痛苦だが、その出血へ至るノブしか、光っていない、と思えたとき、ヌクレスト、と題された、練習曲を、私は読む。聴くのではなく、五線譜に、ばらまかれた旋律を、一つ一つ音にしながら、内側だけに、響かせる。ヌクレスト。名前のようにも、叫びのようにも、それは聞こえ、ソヌテートのペダルを持たないアップライトの共鳴が、樹木のなかの水の部分と、冷たい空洞で混ざりあう。箱の中で、音楽は、いつもわずかに湿っていて、肺をこぼれる息のように、外気に、柔らかく反応し、呼吸される、鼓動される——一つの、生涯の途上なのだ。

ヌクレスト。希望はない。だが絶望も、響いていない。ここは、記憶のあなただけしか、存在しない場所なのだ。あなたの死を与えられ、その欠落を背負いながら、私もいつか、わたくしという死者を、与えてゆくのだろう。体ではなく精神でなら、響きの、両側に立てるはずだが、理性にはない、深い場所まで、音を、招き入れてしまう。

白百合

醒めぎわの
眠りのなかの　わたくしの傍らに
ひっそりと
寄り添ってある　ひと抱えの　その空間
なつかしい空間に　そっと
明けがたの手をのばす
体温がある
百合が匂う

花瓶に一束　咲かせている
もう幾晩も　放ってあるのに　人の代わりに　まだ匂って
百合にも　無意識があるのだろうか
あかつきのなか
あなたのようには　絶えまいとして
つよく匂う

遺された部屋

私に、思い出された時だけ
光の射す、遠い部屋だ

オーク材の、丈の高い、硝子戸のある書棚が並び
塔ノ岳から、蛭ヶ岳へと、連なる
藍色の稜線を
あの窓はいい、山もいい
褒められてまだ、嬉しかった
消え去るとき、山は静かに、透きとおることを知った

壁際で、うっすら埃を被っている書き物机の
ペン皿には、ピケット社の
目盛りの剝げたプラスチックの計算尺　演算表
ロットリングと、円定規
真鍮の、引き手の付いた抽出しを
開けるたびに、込み上げてくる、遠い時間の臭気が
何処にも、失せきれぬまま

それは、記憶が支えているのか、それとも
部屋に、属しているのか
ボイラー技師の、免許証から見つめ返す眼差しを、知らなかったが
革製の、アドレス帳は
この手で渡した覚えがある
山の代わりに、窓に映った、夜の背表紙
いつまでも、中断されない大振りの

当用日記　社員章

五畳ほどの、部屋に聳えるその人だけの山並みを
潤していた調度品から、光の
痕跡が失われ
今ここは、真空に似た、静寂の中、時間だけを抱えながら
遠退いてゆく、淡い影だ
デスクチェアに、座る背中は、二度と
この世を、振り向きはしないだろう
他者の、束の間の記憶なしには、死者としての
輪郭も危うい

いつか、山の気配さえも、感じる背中になっている

机上の軍人

配置換えされる前の、書店の、馴染んだ本棚が、背表紙の色のならびや、タイトル文字の配列まで、しばらくは、まならうに、くっきりと思い出された。紙越しの、淡い光。あかりに何度も炙りだされ、稀薄化された風景を、カバーで、丁寧に梱包する。雨が近い。

陸軍の、軍人だった曾祖父が、遺した一冊の戦争論を、長い未完の手紙として、私は読んだ。諦観でも、ノスタルジーの変種としての、体験の手記でもなく、進行形の、歴史を渦中で、見据えながら憂えている。欲望と、戦争の、関係を看破しながら、光を、いっさい欠いた部屋で、むしろ鮮明になるような、暗い予感に支えられた、暗示のような言葉もあった。人生を、はやばやと、降りてしまった人間の、孤独な視線の底を脈打つ、静かな高揚が痛ましい。

日録も、日信も、記したことはなかったが、既知にも未知にも分類できない記憶を書きとめる習慣だけは、その愚行を蔑みながらも、手放せずに至っていた。ノートに書かれた記憶はどれも、知らない歳月に侵されて、褪色し、すでに私の所有物ではないようだった。鏡の中の集光点に、ノートの残骸を立たせる時、たちどころに、真っ白に、私は消滅するだろう。

横浜港。まだ大桟橋も、欧州航路もなかったころ。沖合に、碇泊しているおそらくフランス船籍の、外国船へ、艀に揺られ、砲兵大尉のイグチとともに、乗船する。独逸国へ。メッケル少佐の赴任した、ヴェーゼルの聯隊まで——。最新戦術を学ぶための、二人の出航を思いながら、百年以上も経った真冬の、臨港線を、ひとり歩く。汽笛が、鼓膜を、つらぬいた。記憶に感染したらしい。

埠頭の壁面を這いのぼる、木屑の浮いた、濁った水。これも波だ。汚れた青に、激しい風と、雪のまざった急な雨が、落ちてくる。海上防災基地に駆け込み、撥水コートの、水を払う。展示館には、沈没した工作船が、赤錆を、びっしりと浮かせたまま、置かれていた。船体の、朽ちかけた弾痕が、イメージのようになまなましい。

マルヌ河畔の会戦から、ヴェルダン要塞攻撃へ——サロニカ方面の戦況から、アフリカ植民地政策へ——さらに、ツェッペリン飛行船や、潜航艇へも、ペンはおよび、欧州大戦参戦国の、作戦経過が、分析され——。核心へ、少しずつ這いすすむ指先は、冷静かつ綿密な、兵学者のそれだった。五〇〇頁の大著のなかを、氾濫する地名と汗。名詞は、そこでは武装であり、炭化した傷であり——。塹壕戦。

いずれ日本は、大敗北を喫するだろう――昭和の初めに亡くなるまでの、それが、口癖だったという。いかにも、帝国軍人らしい精神主義におかされた、論旨をはこぶ行間に、無音の声を聞こうとしたのも、曾祖父の、その呟きを、忘れられずにいるからだった。文字になれずに封印された、熱い、肉声があったのでは、と。

いくつもの、書棚の記憶が、まぶたの夜を沈んでいった。祖父の書斎の、アーチ型の天板をもつ、西洋風の、木製書棚。政治学と、外交史と漢詩の本と、独語辞典。古文書や、昔の地図も、並んでいた。軍事郵便のはさまった、古びた漱石全集も。それらの文字を、追った視線を、私もいつか、追おうと思う。

おのれの、半生を締めくくるため、それは、書かれた本だったのか。それとも、半生を葬るために、したためられた書物なのか。長州閥の同僚に、机上の軍人と誹謗され、参謀として勤めながらも、みずから、軍隊を辞した男。退役後は、読書にふけり、ペン先だけを恃みとして、誰かにおのれを託するように、言葉を綴った隠遁者。未来と縁を切ってから、初めて男は、生き始めた。サーベルを棄て、人生の、時間の質感が変わったのだ。

灰色の、階調だけを流し込んだ風景を、眺めながら、小やみになった、新港埠頭を歩きながら、考える。彼らはなぜ、道を、誤ってしまったのか。欲望と、精神だけを、戦地へ暴走させたのか――そして思う。それでもなお、手紙を読まねばならないと。道をあやまった者たちの、言葉をこそ辿ろうと。大桟橋には、眩しいような、真っ白な大型客船。無数の窓。その中の、たった一つの窓だけを、私は見る。そこに、誰かの、あかりが、灯される瞬間を。

時化の夕暮れ。船溜りには、警備艇や巡視艇が、舳先をならべ、風が吹くたび、船は揺すれて音をたてた。横浜港。二月の空を、カモメが、滑らかに旋回する。瞳を凝らすと、風を切り裂く翼は、小刻みに震えていた。

モルフェ

爪先が、どの国境へ向けられても構わない
旅と光線
眩しい扉の、向こう側とこちら側
世界が、たった一つの原理で、照らされていた時代なら
扉を出入りしてさえいれば
地上に、とりあえず存在できた
ガエタ湾から、スペルロンガへ、地中海をわたる風や
白壁の家ばかり建つ水辺のあかるい街並みや
日没の市場の方へ、これから運ばれてゆくはずの、キャリーバッグに

気づかぬほどの、微量の雨滴
――警報音
日常と、旅の間に、見えない物象がなだれ込み
旅にあっても、日々にあっても、その侵蝕から逃れえない
空港へ
光の中の、トランジットラウンジへ――
旅人は、地図をいつでも、経典のように握りしめ
その土地の、束の間の、信奉者の顔つきで
踵を大地に打ちつける
（そこが、あなたの、居るべき場所だ）
空洞のまま、開け放っても、キャリーバッグは、知らない風を
青い気流を、郷愁のない一人の部屋に
湧かせるから、その動き
青の中の野性をきょうは、海の比喩で
語ろうとして、すでに海が、抒情からも、虚構からも

剝離され
取り返しのつかぬ水へと
変貌していることに気づき、それでも波は
海そのものは、永劫のような音を立てて、再びかつての
穏やかさで、懐かしい呼吸音で――
（海が、海の、真っ青な生涯を、まっとうするその日が見たい）
日常の、椅子と、椅子の周辺だけに欺かれ
思い起こすたびに
記憶を、変形させてしまう病いを
嘆きながら、あなたの視線は、もはやたった一人のそれではないのだから
濁りはじめた、水晶体には
二人分の、水準点が
転写されているのだから
小暗い部屋の、背中のあるべき場所には、いま
かたちをほどいた、白い花が、挿さっている

——離陸音

エスプレッソを、自虐のように飲み干すことで、自分を、外へ
駆り立てようと、羽搏こうと、懸命に、覚醒しつづけた背中だった
雲を掻きわけ
昇華された海辺の記憶とともに一夜を眠ったあと
旅券を棄て、キャリーを手放し
遠からず、あなたは
旅とは、逆行する景色の中で、字義通りの旅を
言葉で、経験することになるだろう
シャッター音も、光もなしに
瞳に盗まれた風景だけが、この世のものだ
思い出を、気配よりもかすかな音で、感情だけで、編成する
アルバムは、まっさらなまま
市場《マルシェ》の風にさらすのだ

観想の部屋

家具ひとつない白い部屋は
音を、存分にひびかせる
三方の壁に返され、反響する私の声は
空間そのもの
音そのものを、あからさまに立ちあがらせ
左右の鼓膜は、初めて自分の
ほんとうの声を聴く
たった今、殻をやぶって出て来たばかりの言葉のように

名が呼ばれた

友人たちと、放課後
禁域へ忍び込み
修道女が暮らす部屋の、扉をひらく
造り付けの、クローゼットと
寝台と、木製のデスクのほか、何もない
無いことの、すがすがしい圧力が、悪童たちの
眼球を、幼い脳髄を打ちのめす
ゆわかれた薪　玻璃窓
ツグミ　オーツ麦と胡桃のパン！
黙想の床は冷たく、どんな名詞も寄せつけない
色褪せるまで乾かした、蔓性の
実のなる草を、ベッドサイドの譜面台に

無造作に絡ませて
書棚はなく、絵の具箱と、クラリネットと
フェンダーローズのステージピアノが家具の代わりに
床を塞ぎ、若草色の
リキテックスで三十粒の、原寸大の空豆が
描かれただけのイラストボートが汚れた壁に、掛けてあった
一人暮らしの
七年間を過ごした四ツ谷の
あの角部屋の映像だけが、今もまだ
胸のあたりで
記憶になるのを拒んでいて――

ほんとうの、内部というのは
母胎のそれだけを言うのだと、胎内だけが
「確かに居た」と、言いうる

唯一の場所なのだと、彼はいった
水の部屋の、扉をひらいて出掛けるチャンスは
生涯に、一度きりだ
二度と戻れぬという点で、あの世の部屋とも、其処は似ている
一方は、出口だけを、もう一方は、入り口だけを
私たちへ、光のように
不意にひらく
二つの部屋を、繋ぐ回路は目を凝らしても
どの壁面にも見当たらない

祖父の家は、小窓の多い
西洋風の二階家で
海岸通りを少し入った、坂の途中に、門があった
タブノキと、百日紅が植わった庭から
窓越しに、部屋を覗くと

トルソの女と、煉瓦色のソファーが見えた
入院先で、「帰りたい」
腕を何度もつかむ指を、宥めすかし、帰宅すると
電話が鳴り、「亡くなりました」
眠りすらも、終えてしまった、静けさだけの面差しを
忘れまいと、ただ見ていた
海を、聴かせてやりたかった

転々と、移ろうたびに、荷物も、記憶も
引き連れて行ったので
がらんどうの白い部屋には、何ひとつ残っていない
あなたも居ない　誰のことも
死者という名で
呼ぶことが出来ない

灰色の馬

入園無料の動物園の
柵の中まで、腕を入れると
葦毛の頭を
くらりと上げて、おまえは老いた鼻先で
小指を嗅ぎ
風景を、眺めるような透明な
視線がつかの間、こちらを見た
それだけだった
黒い瞳は、その日もついにわたくしに

かかわろうとはしなかった
ばらまかれた干草を、ゆっくりと食むおまえは柵にも
哀しみにさえ、無頓着で

川の、果ての果てにばかり気持ちが流れる
そんな午後
おまえになら、会える気がした
柵の前まで歩いていった
あの目の、静かな無関心が、わたくしの身に
注がれるのを、感じて
緑の草へうつむく、けものの体臭を吸い込んで
そうしておまえの視界から
夕暮れ、そっと、身を引くのだ

齋藤恵美子（さいとうえみこ）
一九六〇年、東京生まれ。詩集に『緑豆』（二〇〇二年、私家版）
『最後の椅子』（二〇〇五年、思潮社）『ラジオと背中』（二〇〇七年、思潮社）ほかがある。

集光点《しゅうこうてん》

著者
齋藤恵美子《さいとうえみこ》
発行者
小田久郎
発行所
株式会社 思潮社
〒一六二―〇八四二 東京都新宿区市谷砂土原町三―十五
電話〇三（三二六七）八一五三（営業）・八一四一（編集）
FAX〇三（三二六七）八一四二
印刷・製本
創栄図書印刷株式会社
発行日
二〇一二年十月三十一日